Ye

4638

TRIBUT LYRIQUE

D'UN TROUBADOUR,

AUX MANES

DE S. A. R. LA PRINCESSE CHARLOTTE D'ANGLETERRE.

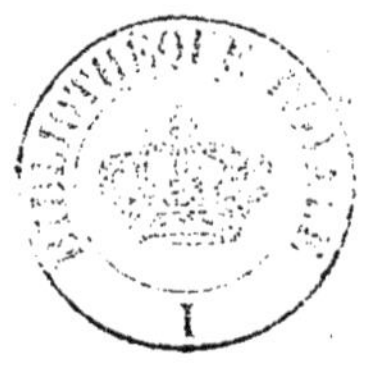

MARSEILLE.

———

(Le 8 Décembre 1817.)

I.

THEMIS.

(*Jam virgo redibat.*)

CYBÈLE, gémissait du malheur des humains ;
Et sitôt que Bellonne a quitté son tonnerre,
Pour réparer les maux de la fière Angleterre,
Elle annonce à THÉMIS les Oracles divins :

« Ma Fille, lui dit-elle, accomplis tes destins ;
» Qu'après un âge entier de forfaits et de guerre,
» Ton Astre désiré, console enfin la Terre ;
» L'espérance du monde est remise en tes mains :

» Descends aux bords chéris qu'arrose la Tamise ;
» Dès l'enfance, CHARLOTTE, à la vertu soumise,
» Seule, y peut faire un jour triompher l'Équité. »

A ces mots, des Enfers l'influence fatale,
A desséché la Fleur de la tige Royale,
Et plonge dans le deuil, le monde épouvanté !

I I.

OSSIAN,

A S. A. R. CAROLINE DE BRUNSVVICK,
PRINCESSE DE GALLES.

(Sine prole Parenti.)

« Un noir pressentiment, humectait ma paupière ;
Ma Harpe se plaisait à d'aigus sifflements ;
Quand sur l'aile des vents, de longs gémissements,
Attristent les Échos de notre isle guerrière.

» Des enfans de Fingal, espérance dernière,
CHARLOTTE a succombé sous de cruels tourments :
Faut-il donc, qu'implacable en ses ressentiments,
L'esprit du fier Loda (*) frappe une race entière ?

» CAROLINE, déjà nous pleurons ta douleur ;
Cependant, qu'étrangère à ton propre malheur,
Tu fais aimer en toi, ta Fille trop féconde !

» Ton Ouvrage est détruit : ta Gloire, ton Orgueil,
Ton Amour, ton Bonheur, tout, gît dans le Cercueil.
Il te reste la Mort,...... et, les regrets du Monde ! »

(*) Voyez le Poëme d'Ossian, intitulé Carictura.

III.

ALFRED LE GRAND.

(Lex iniqua minimé Lex. PLATO.)

« Dieu bienfaisant , l'image et le père des Rois ,
» De la triste CHARLOTTE, accueille la prière ;
» Que ne m'as-tu fait naître au fond d'une chaumière ,
» Si tu veux m'imposer un si terrible poids !

» Sur des devoirs si grands , et si peu de mon choix,
» Du moins , fais réfléchir ta céleste lumière ,
» Et s'il me faut un jour , accomplir ma carrière ,
» Prête-moi ton secours, pour le maintien des lois. »

Alors , le plus grand Roi que l'Europe révère ,
ALFRED , du haut des Cieux , lui dit d'un ton sévère :
« Ces Lois , servent d'excuse à d'antiques abus :

» Leur maintien , fait règner l'Orgueil et l'Avarice ;
» Quand l'or et la faveur remplacent les vertus ,
» La Loi , n'est plus la Loi ; mais devient l'Injustice. »

I V.

LA REINE ELISABETH

E T

S H A K E S P E A R.

(*Resurgam.*)

—————

« VIERGE REINE, du sein de l'immortalité,
» De tes chastes rigueurs, vois Albion punie,
» Loin de nous, ERYNNIS serait long-tems bannie,
» Si tu pouvais revivre en ta postérité ! »

Tel s'exprimait SHAKSPEAR, avec anxiété,
Plongeant dans l'avenir le regard du Génie:
Le front ceint de rayons, comme une autre Uranie,
ELISABETH, répond au Poëte agité:

« Ramène l'espérance en ton ame attendrie,
» Un long bonheur suivra les maux de la Patrie;
» Qui saura conserver sa fière liberté :

» C'est une autre moi-même, en sa fleur printannière,
» Qui doit fonder un jour votre prospérité,
» Pourvu qu'elle renonce au bonheur d'être Mère. »

V.

MILTON ET WALLER.

(*Te dominam Bruto non indignante fatetur.*)

Naguères, discouraient aux bords de l'Hippocrène,
Et l'inconstant WALLER et l'austère MILTON :
Aux hôtes de ces lieux, toi qui donnes le ton,
Dit WALLER, que dis-tu de la future Reine ?

« Je dis, que sa vertu me subjugue et m'entraîne,
» Et que pour le bonheur de l'Empire Breton,
» Dieu même a destiné ce jeune rejetton
» Pour plier notre Orgueil à sa LOI souveraine :

» Mais, hélas ! BABYLONE, en son iniquité,
» A tes jours, ô CHARLOTTE, eût peut-être attenté !
» Ah ! fuis, fuis ! des bons Rois, les Cieux sont le
» Domaine ! »

Il dit vrai : j'en connais des exemples touchants ;
Les Anglais, les Français, toute la race humaine,
Persécutent les bons, Respectent les méchants !

V I.

LES REGRETS DES PEUPLES.

(Tu Marcellus eras!)

Des rives du SHANNON, aux bords sacrés du GANGE,
S'exhalent en ces mots, la plainte et les douleurs :
« CHARLOTTE sur le Trône, eût essuyé nos pleurs,
» Que nos pleurs, à jamais, illustrent sa louange!

» Ah ! le bonheur est court, quand il est sans mêlange!
» A peine heureuse épouse, elle tombe en sa fleur;
» Et nous laisse entrevoir, pour dompter le malheur,
» L'Ame d'un Citoyen, sous la forme d'un Ange! »

La Puissance est l'objet de moins vifs intérêts,
Et la seule vertu mérita ces regrets;
Tel MARCELLUS, de ROME, emporta l'espérance!

Hélas! s'il eût régné, l'adroite iniquité,
Eût peut-être abusé sa jeune confiance;
Mais la MORT a fondé son Immortalité.

VII.

A SON ALTESSE ROYALE
LE PRINCE DE GALLES,

Régent d'Angleterre.

(*Primæ spei !*)

Ce n'est point une aveugle et folle idolâtrie,
Qui fait d'un seul trépas une calamité !
Par l'intérêt public, ce deuil est excité !
Et l'on pleure à la fois CHARLOTTE et la Patrie:

En triomphant du Luxe et de la Flatterie,
Elle eût fait refleurir, l'antique Probité,
Et proscrit, extirpant toute vénalité,
Du Péculat Légal, l'infamante industrie.

Sous le poids des grandeurs, oui, l'Anglais abattu,
Aspire à la Justice, a soif de la Vertu;
La Gloire n'est pour lui qu'un frivole avantage;

O! PÈRE de CHARLOTTE, exauce tes sujets;
De ta Fille immortelle, accepte l'héritage,
Et tu seras suivi par les mêmes regrets !

VIII.

LE VAISSEAU BRITANNIQUE.

(Fortiter occupa Portum.)

Battu par l'Ouragan, le Vaisseau Britannique ;
Navigeait vers le port de la Félicité ;
Déjà, sur l'horison, l'équipage enchanté,
Voit scintiller les feux d'un Astre pacifique ;

L'Héritière des Rois, de ce Navire antique
Suit toute la manœuvre avec sagacité ;
Les Pilotes, témoins de sa mâle fierté,
Augurent de ses soins la Fortune publique.

Alfred, les Edouards, et leurs sages Ayeux,
La chaste Elisabeth, parmi les Rois Pieux,
Encouragent l'essor de la future Reine :

Soudain, l'Astre Naissant brille et fuit à nos yeux ;
Sur son dernier Rayon, la jeune Souveraine,
Abandonne la Terre et se perd dans les Cieux.

I X.

Edmond SPENCER.

(Σκιᾶς ὄναρ.)

Que j'emprunte un moment ton pinceau Fantastique,
O SPENCER , je dois peindre un Céleste Palais :
Dans le vague des Airs , sous l'Astre des Anglais,
Il flottait, soutenu par un pouvoir magique :

L'Émeraude et l'Opale en formaient le Portique ,
Où siégeait l'Espérance , ou peut-être la Paix :
Elle avait de CHARLOTTE et la grâce et les traits,
Et soutenait le Poids du Monde Britannique.

D'ineffables accords semblaient dire aux Zéphyrs :
Règne, Règne, CHARLOTTE, accomplis nos désirs !
Règne , disait l'Écho des Nations sans nombre :

Tout-à-coup, un Éclair dissipe ce Tableau ;
Je n'entends que des Cris, je ne vois qu'un Tombeau.
Ah ! l'espoir du bonheur, est le rêve d'une Ombre !

X.

LA SAINTE ALLIANCE.

(Nexuque pio longinqua revinxit.)

Eh ! qu'importe aux Français , le bonheur d'Albiòn ?
Me répète une aveugle et folle Intolérance :
— Qu'importe , malheureux ? après tant de souffrance ,
Les Peuples ont besoin d'une longue union.

Ils doivent , surveiller l'impie Ambition ,
Effacer toute haine et toute méfiance ,
Et sous le joug divin , d'une SAINTE ALLIANCE,
Ne former qu'un Empire et qu'une Nation.

Emules de Malheurs , plus que Rivaux de Gloire ;
Victimes des Revers , moins que de la Victoire ;
Sommes-nous plus heureux de nous être haïs ?

Aimons-nous donc , enfants de Carthage ou de Rome ;
Les Vertus , les Talents , sont de tous les Pays ,
Et pour pleurer CHARLOTTE, il suffit d'être un
    homme.

X I.

THOMAS MORUS.

(Matris , communi nomine fovunt.)

Des sages d'Albion , révéré comme un Père ,
MORUS , voit près de lui, dans les bosquets d'Eden ,
Cécil , Bacon , Sidney , les Strafford , les Hampden ,
Les Fox et les Chatams , dans une paix sincère :

La Patrie, à chacun, dut quelque jour prospère ,
Et tous sont appellés, sans nul autre examen ,
Au moment, où le fruit d'un glorieux Hymen ,
Promet à leurs enfants une Commune Mère.

« Amis, leur dit MORUS , un Dieu libérateur,
» Nous rend, d'un Ciel plus doux, l'Espoir consolateur;
» Il nous donne pour guide une blanche Colombe !

» CHARLOTTE!..... à son nom seul tous nos maux
        » sont finis ;
» Autour d'elle, voyez tous nos Anglais unis..... »
Il ne peut achever,..... Ils entouraient sa Tombe !

X I I.

L'ABOLITION DE LA TRAITE
DES NOIRS.

(*Surge* !)

Au nom de l'Eternel, foudroyant l'Esclavage,
« Non, disait LAS CAZAS, vous n'êtes point Chrétiens,
» Vous, qui deshonorez sous d'infâmes liens,
» L'Homme, du Créateur et le fils et l'image.

» Quels que soient leur couleur, les traits de leur visage,
» Rachetés comme vous, doués des mêmes biens,
» Ces Noirs infortunés, ces tristes Indiens,
» Les plonger dans les fers, à DIEU c'est faire outrage !

» Ah ! que vous maudirez votre inhumanité,
» Alors que la Vengeance et que la Liberté
» Donneront à l'Esclave une fureur virile ! »

Aux avares Fauteurs d'un trafic inhumain,
Ainsi parlaient sans fruit, la Raison, l'Evangile ;
Quand GEORGE a d'un seul mot, affranchi l'AFRICAIN.

X I I I.

A S. A. S. LE PRINCE LÉOPOLD
DE SAXE-COBOURG.

(*Homo sum!*)

———

« Epuise des douleurs la coupe trop amère,
Prince, qui de CHARLOTTE as connu tout le prix,
Qui la perds, au regret de l'univers surpris,
Reine avant de régner, Mère, sans être Mère:

» Son pouvoir sur les cœurs, n'est point une chimère,
Et de tant de vertus, si tu fus bien épris,
En dévouant ton zèle aux soins qu'elle avait pris,
Tu rendras son empire encor moins éphémère. »

« -- Mon LÉOPOLD, poursuis l'ouvrage de mes mains,
» Travaille, sans repos, au bonheur des humains,
» C'est le vœu d'une Epouse aux voûtes Eternelles;

» L'Amour de la Justice et de la Vérité
» Dont j'avais cultivé les Palmes immortelles,
» Doit nous unir au sein de la Divinité ! »

X I V.

LA PRINCESSE CHARLOTTE
ET LOUIS XVIII.

(Quis poterit lenire tigres ?)

« Des rènes de l'État, si je deviens Maîtresse,
» Je veux, disait CHARLOTTE, en dépit des pervers,
» Du Règne affreux du Mal , libérant l'Univers,
» De tous les malheureux secourir la détresse ! »

Elle dit : à ces mots , autour d'elle s'empresse ,
Avec un noir dédain, le Prince des Enfers ;
Il la frappe , et lui dit : « les Cieux te sont ouverts ;
» Mais laisse-moi la Terre, elle obtient ma Tendresse!»

Français, plaignant le sort de nos tristes voisins,
Veillez près de LOUIS , secondez ses desseins,
Afin que son bonheur, comble notre espérance :

Puisse-t-il , héritier d'un Frère qui l'aima ,
Au joug des saintes Lois , par sa persévérance,
Assujettir nos cœurs, comme un autre Numa.

De l'Imprimerie de BERTRAND , rue de la Guirlande.

www.ingramcontent.com/pod-product-compliance
Ingram Content Group UK Ltd.
Pitfield, Milton Keynes, MK11 3LW, UK
UKHW020920140726
13695UKWH00006B/2629